Disney

Pirates des Caraïbes

Légendes de la Confrérie

Cet ouvrage a initialement paru en langue anglaise en 2008 chez Disney Press sous le titre :
Legends of the Brethren Court, The Caribbean
Écrit par Rob Kidd
Basé sur les films *Pirates des Caraïbes,* créés par Ted Elliott & Terry Rossio

Traduction de l'américain par Nathalie Peronny
Conception graphique : François Hacker

Hachette Livre, 43 quai de Grenelle, 75015 Paris

Disney

Pirates des Caraïbes

Légendes de la Confrérie

Jack Sparrow

hachette
JEUNESSE

La carte des

Neuf Seigneurs Pirates règnent sur les sept mers qui s'étendent des Caraïbes jusqu'en Asie. Ils forment à eux neuf le Tribunal de la Confrérie.

Sept mers

DEPUIS LA NUIT DES TEMPS, CES PIRATES D'EXCEPTION N'OBÉISSENT QU'À UNE SEULE LOI, CELLE DU CODE DES PIRATES. AUCUN D'ENTRE EUX N'OSERAIT ENFREINDRE CE CODE SACRÉ...

Jack Sparrow

Le capitaine du *Black Pearl* est sans aucun doute le pirate le plus excentrique des Sept mers. Provocateur et drôle, il aime impressionner ses amis (et ses ennemis). Il est connu dans toutes les Caraïbes pour son incroyable talent de menteur. En bon pirate, Jack est prêt à traverser les mers pour une cale de bateau remplie d'or... Rien ne l'arrête, pourvu que son équipage l'appelle « Capitaine » !

Barbossa

C'est le maître d'équipage du *Black Pearl*. Malhonnête et sans scrupule, il n'est pas aussi fiable que le croit son capitaine. Il rêve de prendre la place de Jack : entre les deux pirates c'est souvent la guerre ! En un mot, Barbossa veut faire main basse sur tous les trésors et détrôner Jack !

Davy Jones

Capitaine du vaisseau fantôme *Le Hollandais Volant*, Davy Jones sème la terreur sur les Sept mers. Mi-homme mi-pieuvre, il vit sous l'emprise d'une malédiction, comme son équipage monstrueux. Jack a signé un pacte dangereux avec lui : Davy Jones lui a offert le *Black Pearl* pendant treize ans à condition que Jack lui donne son âme...

À l'abordage !

C'est la nuit. Il règne une chaleur étouffante. Au cœur de la jungle, une faible lumière éclaire les fenêtres d'une maison en pierres. Qui peut bien vivre ici, sur cette petite île perdue des Caraïbes ? Seul dans sa demeure, l'inquiétant propriétaire des lieux est entouré d'objets étranges : crânes humains, balances miniatures, parchemins remplis de formules mystérieuses… Dans des récipients en verre, une potion couleur d'or bout à gros bouillons. Bienvenue dans le laboratoire secret du Seigneur des Ombres !

— Je suis le plus grand magicien des Sept mers… et bientôt, grâce à mon armée invincible, je deviendrai le plus puissant pirate des Caraïbes !

Un liquide bleu scintille dans le gros chaudron. Le sorcier lève les mains, et tourne la bague de son majeur gauche. Aussitôt, des images apparaissent à la surface bleutée du liquide : un fort assiégé, des flammes, une plage couverte de cadavres… C'était la première mission, et la première victoire, de son Armée des Ombres. Une armée d'objets transformés en guerriers féroces grâce au pouvoir d'esprits maléfiques. Des tonneaux transformés en soldats, avec des baïonnettes et des fusils à la place des bras et des jambes… Des monstres cruels créés à partir de cordes et de lames tranchantes…

— D'abord, le Panama. Après… le reste du monde !

Le sorcier admire l'océan derrière la fenêtre, qui est baignée par un rayon de pleine lune. Soudain, il ne sourit plus du tout : son bateau a disparu !

— Maudits guerriers ! Ils ont détruit mon navire !

Le Seigneur des Ombres a encore du mal à contrôler sa nouvelle armée. Pourtant, tout doit être prêt en attendant le jour de sa vengeance. Plus que deux mois… D'ici là, il doit absolument se procurer un nouveau bateau !

Debout devant son chaudron, il récite une formule magique pour convoquer les Ombres, ses monstres. Aussitôt, elles jaillissent du liquide bleu sous la forme d'un gros nuage sombre. Le Seigneur des Ombres aspire alors ce nuage à l'intérieur de sa bague. La pierre, transparente, devient noire comme la nuit.

Satisfait, il se dirige vers la cheminée. Là, il s'agenouille et soulève une latte du parquet, qui donne sur une cachette secrète. Puis il en sort un gros coffre, qu'il pose par terre avant de l'ouvrir. Il découvre alors que le coffre est vide… Impossible ! On lui a volé les sept fioles qui contiennent l'Or des Ombres, sa puissante potion… Des années de travail réduites à néant ! Qui a osé commettre ce crime ?

— Je parie que le Tribunal de la Confrérie est derrière tout ça… et surtout cette fripouille de Jack Sparrow ! Eh bien je leur promets une mort encore plus lente et douloureuse que tout ce qu'ils peuvent imaginer !

Chapitre 1

Le capitaine Jack Sparrow

— Jack !

Les voiles noires du *Black Pearl* brillent sur l'océan bleu turquoise. À l'avant, vers la proue, un pirate fringant se tient fièrement dressé face aux vagues, ses longs cheveux flottant au vent. Sourire aux lèvres, il s'amuse à faire étinceler sa dent en or à la lumière du soleil.

— JACK ! insiste la voix derrière lui.

Jack Sparrow ne réagit toujours pas,

trop occupé à admirer son chapeau. Tout à coup, il sent le canon d'un pistolet s'enfoncer dans son dos.

— Je ne sais pas ce que tu mijotes, murmure son maître d'équipage, mais je sais très bien que tu m'entends !

— Oh, mille pardons, Barbossa, dit Sparrow en faisant volte-face. Je croyais que tu voulais parler d'un *autre* Jack, et non du capitaine du plus beau vaisseau ayant jamais parcouru les Sept mers… Sinon, tu aurais dit « Capitaine Jack », n'est-ce pas ?

— Pardon, *Capitaine.*

— C'est mieux, approuve Jack en lui donnant une petite tape sur la tête. Quand nous aurons recruté notre nouvel équipage, je compte sur toi pour leur montrer l'exemple, compris ? (Il s'éloigne en sautillant sur le pont.) Au fait, Barbossa… ces plumes d'autruche sur ta tête, est-ce que c'est bien indispensable ? Il faut vraiment que tu aies un chapeau plus splendide que le mien ?

Barbossa, vexé, ignore sa remarque.

— Île de la Tortue en vue, *monsieur,* marmonne-t-il.

— Déjà ? Parfait, se réjouit Jack. Voyons si nous pouvons trouver de vrais pirates, par ici !

À ces mots, les quelques autres membres de l'équipage le fusillent du regard.

— Je veux dire… en plus de vous, bien sûr, mes fidèles compagnons et nobles, euh… brutes des mers.

Les pirates sont vraiment rancuniers ! pense-t-il. Une aventure qui tourne mal – une fausse carte au trésor – et voilà qu'ils lui en veulent à mort. Comme si c'était de sa faute ! D'accord, c'est lui qui avait acheté cette carte, et alors ? À un prix aussi bas, n'importe quel autre pirate se serait laissé tenter !

Bah… peu importe. Sur l'Île de la Tortue, assisté de son fidèle Barbossa, il n'aura aucun mal à recruter un nouvel équipage flambant neuf. Dès qu'ils apercevront le *Black Pearl,* les candidats se presseront pour monter à bord. Le bateau le plus rapide des Caraïbes ! Et pour en devenir capitaine, Jack n'a eu qu'à promettre à Davy Jones de lui vendre son âme… dans treize ans. Treize années à parcourir les océans et à piller les plus beaux trésors ! Il a largement le temps de voir venir, d'ici là…

Le port de l'Île de la Tortue est toujours aussi bruyant, sale et noir de monde. Une fois le *Black Pearl* amarré au quai, Jack Sparrow et Barbossa franchissent la passerelle pour se rendre à *La Taverne de La Fiancée Fidèle*. Soudain, dans la foule, Jack reconnaît un visage… qu'il n'a pas revu depuis très longtemps.

— Bill ! s'exclame-t-il en courant vers son vieil ami. Billy Turner ? C'est bien toi ?

— Oh, bonjour, Jack, répond Billy avec son sérieux habituel. Je pensais bien te recroiser par ici, un de ces jours.

— C'est ton jour de chance, mon vieux Billy ! Par un hasard extraordinaire, il se trouve que j'ai une place de libre à bord de mon navire...

Au même moment, un matelot descend du *Black Pearl* en lançant une corde à Jack :

— Amarrez votre maudit bateau vous-même. Je préfère faire partie d'un équipage où le capitaine a autre chose que de la cervelle de mouette dans le crâne !

— Hum... et même *plusieurs* places de libre, poursuit Jack, comme si de rien n'était, en passant son bras autour des épaules de Billy. Est-ce que tu connais quelqu'un que ça pourrait intéresser ? Disons... toi, par exemple ?

— Moi ? Oh, non merci. Je suis flatté, mais je ne cherche pas de travail en ce moment. Je veux juste rentrer chez moi.

— Allez, Billy ! Regarde un peu cette merveille, insiste Jack. Le bateau le plus rapide au monde !

— Aucun navire n'est plus rapide que celui de Davy Jones, murmure Billy d'un air sombre.

— *Pff*... C'est facile, quand on a des pouvoirs magiques et un équipage de morts-vivants... Mais assez parlé, que penses-tu de mon chapeau ? Fabuleux, non ? Allez, Billy, nous allons vivre de grandes aventures ensemble !

— Non, Jack. Fini, l'aventure. Je suis marié et père de famille, maintenant.

En entendant ces mots, Jack Sparrow manque de s'étrangler.

— Père de... quoi ?!

— Ma femme et moi avons eu un fils, explique fièrement Billy.

— Ah, lâche Jack avec mépris. (Une pensée semble lui traverser l'esprit.) Une minute... vous l'avez appelé Jack ?

— Non, William.

— Je vois. J'aurais cru que tu voudrais donner à ton fils le prénom de ton héros et de ton modèle… le plus grand pirate des Caraïbes, ton ami de toujours ! Celui qui t'a tant de fois sauvé la vie ! Tant pis, conclut-il. Ce sera pour un autre jour, j'imagine ?

— Peut-être, dit Billy en souriant.

— Mais dis-moi, qu'est-ce que tu fais ici ?

— J'étais parti faire fortune sur un navire marchand, mais des pirates espagnols nous ont attaqués près d'ici. Depuis, je suis coincé sur cette île...

— Des pirates espagnols ? s'enflamme Jack. Les barbares ! Comment osent-ils rôder dans *nos* océans, au lieu de piller les leurs ! Écoute, Billy, est-ce que tu es sûr de ne pas vouloir ramener un peu d'or pour ton bébé-qui-ne-s'appelle-pas-Jack ? Ou encore mieux… Tu pourrais l'abandonner dans un orphelinat et repartir à l'aventure, entre pirates ?

— Non. C'est décidé, je rentre chez moi.

Une idée naît soudain dans l'esprit de Jack Sparrow. Un plan pour convaincre Billy d'embarquer à bord du *Black Pearl*…

— Au fait, où est-ce, chez toi ?

— En Caroline du Nord. Mais peu de bateaux vont là-bas.

L'air songeur, Jack se frotte le menton en entortillant les poils de sa barbe.

— Et si nous te ramenions nous-mêmes, mon ami ?

Billy le regarde avec méfiance.

— Jusqu'en Caroline du Nord ?

— Pourquoi pas ? Nous n'avons aucun rendez-vous urgent ! Autant partir à l'aventure et te déposer chez toi au passage, non ?

— Il y a un piège ? Qu'est-ce que tu veux ?

Faussement blessé, Jack prend un air innocent.

— Voyons, Billy… J'espérais juste pouvoir passer un peu de temps avec mon meilleur ami, voilà tout. Et puis… j'ai peut-être aussi entendu parler de trésors cachés au large de la Caroline.

— Ah, dit Billy, soulagé. Je comprends mieux. Bon, si tu es sûr que c'est sur ton chemin…

— Absolument ! Et grâce à mon merveilleux bateau, nous y serons en un rien de temps !

Billy n'a pas revu Jack Sparrow depuis très longtemps et il a oublié à quel point celui-ci sait mentir…

— Mais avant ça, ajoute Jack avec un large sourire, en route pour la taverne, histoire de recruter quelques pirates !

Donnant à Billy une grande tape dans le dos, il l'entraîne avec lui à travers la foule.

Derrière, Barbossa leur emboîte le pas en marmonnant dans sa barbe.

Dans le port, un observateur attentif a suivi toute la scène. Le bateau le plus rapide des Caraïbes ? Exactement ce qu'il lui faut… L'homme se déplace sans bruit. Personne ne l'entend sauter dans l'eau. Personne ne le voit nager jusqu'à la coque pour se hisser à bord avec une corde.

Non, personne n'a remarqué l'intrus qui vient de se glisser à bord du *Black Pearl*.

Chapitre 2

Deux capitaines

La Taverne de La Fiancée Fidèle grouille de voleurs et d'ivrognes en tous genres. Jack, Billy et Barbossa s'arrêtent sur le pas de la porte, le temps de s'habituer à la lumière des bougies.

— Salut, mes gaillards ! lance Jack. Est-ce que quelqu'un aimerait rejoindre la meilleure bande de pirates des Caraïbes ?

— Pourquoi, le capitaine Villanueva recrute ? lance l'un d'entre eux.

Tout le monde éclate de rire. Villanueva, le pirate espagnol, est le grand rival de Jack, l'un des Seigneurs du Tribunal de la Confrérie. En ce moment, il est censé se trouver de l'autre côté de l'Atlantique, en train de piller les trésors espagnols... Jack n'a aucune envie d'entendre parler de lui.

— Que diriez-vous de venir à bord du *Black Pearl* ? poursuit-il. (Des murmures impressionnés parcourent l'assistance. Plusieurs candidats se lèvent.) Vous naviguerez sous les ordres du plus célèbre de tous les pirates... le capitaine Jack Sparrow !

Visiblement déçus, les candidats se rassoient.

— Allons, dit Jack, n'écoutez pas les ragots ! La fortune nous tend les bras, mes amis ! Je vais m'asseoir à cette table et vous faire défiler un par un. Pas de bousculade, restons civilisés... Ah, voilà un premier candidat !

Un très jeune homme s'avance d'un pas

maladroit. Il ressemble à un cow-boy parti à la Conquête de l'Ouest qui se serait perdu en cours de route au milieu des Caraïbes : il porte des bottes pointues et un foulard vert noué autour du cou. Son chapeau, trop grand, lui tombe sur les yeux.

— Lui ? grogne Barbossa. Au premier coup de vent, il passera par-dessus le bastingage, oui !

Au même moment, l'inconnu trébuche et manque de s'étaler de tout son long sur le plancher poisseux de la taverne.

— Dis-moi, pourquoi est-ce que je devrais t'embaucher à bord du *Black Pearl* ? lui demande Jack.

— Parce que… j'aime les bateaux ? Non, les mouettes. Non, les bateaux. Attendez… les deux !

— Quel enthousiasme. J'aime ça !

Barbossa pousse un long soupir.

— Ton nom ? lui demande-t-il.

— Catastrophe Shane.

— Catastrophe Shane ? répète Jack. Je

n'avais jamais entendu un nom de pirate aussi parfait… sauf « Jack Sparrow », bien sûr. Tu dois vraiment être un pirate exceptionnel !

— Euh…

— Excellent ! Je t'engage. Tiens, trace une croix ici.

Il déroule un parchemin en travers de la table.

— Jack ! proteste Barbossa.

— *Capitaine* Jack. Et on ne discute pas. Suivant !

Un deuxième candidat s'approche. Un peu plus âgé, il porte une longue moustache brune et cligne des yeux comme s'il avait un tic. Il se tord nerveusement les mains.

— Je m'appelle Henry, dit-il. Vous êtes vraiment le capitaine Jack Sparrow ?

— En chair et en os. Sauf s'il vous doit de l'argent – dans ce cas, non, je ne connais pas cet individu.

— J'ai entendu parler de vos exploits ! Vous êtes le plus jeune membre du Tribunal de la Confrérie, n'est-ce pas ?

Jack fait semblant d'être gêné.

— Je n'aime pas me vanter, d'habitude, mais… en fait, si. J'*adore* ça. Oui, c'est bien moi le plus jeune des Seigneurs Pirates !

— Je serais honoré de naviguer à vos côtés, Capitaine, déclare Henry. Si vous voulez bien de moi, je...

— PIRATES ! tonne une voix.

Un petit homme, vêtu d'un vieux manteau en cuir qui laisse entrevoir à son cou et à ses poignets de la dentelle espagnole, vient d'apparaître sur le pas de la porte. Son large chapeau à plumes cache son visage, mais sa peau marquée par le soleil, ainsi que les poils gris qui envahissent sa barbe et sa moustache noires, en disent long sur son âge.

— VAGABONDS ! crie-t-il. HOMMES DES MERS !

Jack tressaille et se lève d'un bond. Il reconnaîtrait cet accent entre mille : c'est Villanueva en personne.

— Yo oh, Capitaine Bruyant. Certains d'entre nous essaient de parler affaires entre gens civilisés, ici !

Villanueva ignore sa remarque.

— J'ai besoin d'un nouvel équipage ! Toi, dit-il en pointant un homme du bout de son épée. Toi, toi… (Son regard s'attarde sur les nouvelles recrues de Jack.) Et toi, ajoute-t-il en désignant Henry.

— Pas question ! se fâche Jack. Il est à moi !

— Mais, crie Henry, je me suis engagé auprès de….

— J'ai dit : TOI, l'interrompt Villanueva. Dehors. Le *Centurion* est prêt à reprendre la mer.

Les autres pirates sortent sans broncher. Henry jette un regard impuissant en direction de Jack, avant d'être escorté de force par les compagnons de Villanueva. Celui-ci adresse un rictus à Jack avant de s'en aller à son tour.

— Ces Espagnols… toujours aussi arrogants, marmonne Jack. Bah, tout n'est pas perdu. Au moins, il nous reste Catastrophe Shane !

— C'est un désastre, gémit Barbossa.

— Je ne dirais pas ça, nuance Jack.

— Ah non ? Alors, c'est une… *catastrophe* ?

À l'avant du bateau, Catastrophe Shane fait de son mieux pour gréer une voile, les pieds empêtrés dans les cordes. Un peu plus tôt, on lui a confié un pistolet, pour qu'il s'entraîne, mais on le lui a vite repris des mains : très maladroit, il a d'abord troué un tonneau de bière, puis tiré dans les vagues et enfin failli tuer une mouette.

— Il n'a pas encore le pied marin, dit Jack. Ça viendra !

Soudain, il porte sa main à son cœur. Une vive douleur, comme un poids écrasant, lui comprime la poitrine. Malgré le soleil éclatant, il grelotte de froid. Qu'est-ce qu'il lui arrive ?

Au même moment, Billy les rejoint sur le pont.

— Écoutez, il se passe quelque chose. J'ai senti une présence bizarre pendant que j'inspectais la cale…

— Ridicule, fait Jack. Il n'y a personne dans la cale. Aïe…(Il touche à nouveau sa poitrine.) Bon, si on me cherche, je suis dans ma cabine.

— Dites, *Capitaine*, lui lance Barbossa, vous n'oubliez pas un détail ?

— Lequel ?

Jack a du mal à se concentrer, tout à coup. Un brouillard épais semble se former autour de lui. Il ferme les yeux et les rouvre, pour essayer de recouvrer ses esprits.

— Eh bien, notre cap ?!

— Oh, euh… en Caroline du Nord, je suppose, murmure Jack.

Le visage de Billy s'illumine. Jack ne lui a pas menti ! Il le regarde s'éloigner à pas lents.

— Est-ce qu'il va bien ? glisse-t-il à Barbossa.

— Nous verrons bien, répond le chef d'équipage avec un sourire lugubre.

Jack ne va pas bien du tout. Il s'est allongé sur sa couchette. Comme c'est désagréable d'être malade ! En plus, ça ne lui arrive jamais, d'habitude. Du coin de l'œil, il croit voir une ombre traverser sa cabine. Il se relève d'un bond.

— Qui va là ? crie-t-il d'une voix forte.

Pas de réponse. Il sort son épée.

— Qui ose défier ainsi le capitaine Jack Sparrow ?

Il croit voir une autre ombre lui filer entre les pieds. D'un bond, il plante son épée dans le sol… rien.

— Serais-je attaqué par des chats invisibles, à présent ? marmonne-t-il. Ou peut-être suis-je encore hanté par cette furie de Constance ?

Il y a des années, au tout début de ses aventures, Jack avait voyagé en compagnie d'un certain Jean Magliore, dont la sœur, Constance, avait été transformée en chat. Elle avait un caractère épouvantable, et Jean cédait à tous ses caprices. Jack en garde un très mauvais souvenir.

— Laissez-moi tranquille, maudites ombres ! Fichez le camp, félins de l'enfer ! Je hais les chats ! *Ouste !*

Puis il s'arrête net, le souffle court. Qu'est-ce que c'est que ce bruit ?

Toc toc.

Ah, ouf ! Il ouvre la porte de sa cabine. L'équipage du *Black Pearl* au grand complet se tient devant lui, les yeux ronds.

— Tu te sens bien, Jack ? lui demande Billy.

— À merveille. Je… pensais tout haut. Je préparais un plan.

Les hommes se regardent, étonnés. Jack sent quelque chose tirer une des perles de ses cheveux et tourne vivement la tête, furieux. D'autres mains invisibles semblent tirer sur son manteau. Mais où qu'il regarde, il ne voit rien. Est-ce qu'il est devenu fou ?

Non. Mais le capitaine Jack Sparrow n'est pas dans son état normal. C'est certain, on lui a jeté un sort.

— Retournez à vos postes ! lance-t-il à ses hommes. (Il les écarte vivement pour sortir de sa cabine.) Barbossa ?

— Oui, Jack ?

— *Capitaine* Jack. Nous n'allons plus en Caroline du Nord. Cap sur le fleuve Pantano !

Une seule personne au monde est capable de l'aider. Une experte de la magie et des mauvais sorts. Jack espère qu'elle connaîtra le remède à son mal mystérieux.

Il va rendre une petite visite à Tia Dalma.

Chapitre 3

¡ Señor !

Debout sur le pont, Jack contemple la mer en essayant de respirer normalement. À l'autre bout du navire, Billy Turner observe le soleil en fronçant les sourcils et en examinant sa boussole. Il va bientôt comprendre qu'ils ne font plus du tout route vers la Caroline du Nord…

Pour éviter une éventuelle dispute, Jack part s'isoler dans la cale du bateau. Là, au moins, Billy n'aura jamais l'idée d'aller le chercher. Il en ressortira lorsque le bateau approchera de la cabane de Tia Dalma.

La cale est grande, sombre et, malheureusement, assez vide pour l'instant : ni montagnes d'or, ni coffres au trésor. À tâtons, Jack s'assoit sur un tas de caisses et soupire. D'où vient cette maladie, qui l'a ensorcelé ? C'est vraiment injuste !

Jack, murmure une voix dans sa tête.

— Ah, non ! D'abord des hallucinations, et maintenant des voix fantômes ? Ça suffit. Hors de mon crâne !

Jack le rusé… je ne suis pas une voix fantôme…

Jack plisse le front. Une seule personne l'appelle « Jack le rusé ».

— Tia Dalma ?

Bravo, Jack, bravo…

— Toi, dans ma tête ? Comme c'est pratique ! Je venais justement te voir. C'est bien aimable à toi de te déplacer, j'aurai moins de chemin à faire !

Non, Jack… je préfère que tu viennes… J'ai

quelque chose pour toi… Oui, pour toi, Jack...

— Un cadeau ? Dans ce cas, nous serons là en un clin d'œil ! Et des vents surnaturels nous feraient avancer plus vite, si tu vois ce que je veux dire…

Je ne suis pas dans les bayous de Pantano, Jack. La cité étincelante t'attend… vas-y, et remonte le fleuve à ma rencontre.

— Quoi ? Qu'est-ce que c'est que ce charabia ?

Pas de réponse. Il réfléchit.

— Voyons. La « cité étincelante »… C'est comme ça qu'on surnomme La Nouvelle-Orléans, non ?

Je serai au rendez-vous… À bientôt, Jack le rusé…

— J'imagine que ça veut dire oui ?

Tia Dalma n'est plus là. Jack secoue la tête, repoussant les petites mains invisibles qui lui tirent les cheveux et veulent lui arracher son chapeau.

— Assez ! crie-t-il dans le noir d'un ton menaçant. Vous voulez la guerre, hein ?

Vous l'aurez ! Je n'ai pas peur de vous !

Il tend la main derrière lui pour attraper une bouteille de rhum comme une massue, quand ses doigts touchent quelque chose. Quelque chose de chaud. Et de vivant.

Quelque chose qui s'écrie : « *Madre de Dios !* »

— AAAAAAAAAAAAAAAAAH ! hurle Jack en faisant un bond.

— AAAAAAAAAAAAAAAAAAH ! hurle la chose dans le noir. Pitié, *señor*, pardonnez-moi !

On entend alors un bruit de bottes dans l'escalier, et une poignée de pirates fait irruption dans la cale en brandissant torches et lanternes.

Le passager clandestin est un garçon

d'environ seize ans. Il a les cheveux noirs ébouriffés, pleins de paille, et ses grands yeux bruns sont écarquillés de terreur.

— Un clandestin, gronde Barbossa. Jetons-le à la mer !

— *Lo siento !* Pardon, *señor* ! (Le jeune homme s'agrippe aux bottes de Jack.) J'ai besoin d'aide. Par pitié !

— Pour commencer, laisse donc mes bottes tranquilles. Et ne serais-tu pas espagnol, par hasard ? Tu sonnes affreusement espagnol.

— *Si*… Mon nom est Don Diego de Leon. Je me suis évadé du fort de San Augustin, en Floride.

— Clandestin *et* en cavale, grogne Barbossa.

— Un gaillard comme je les aime, dit Jack. Hum, tu ne serais pas de ma famille ?

— No, *señor. Por favor*… aidez-moi. Les Espagnols ont capturé la personne qui s'est évadée avec moi. Je savais que seul un bateau comme le vôtre pourrait les rattraper… et que seul un *capitan* comme vous pourrait nous aider !

— Oui, répond Jack en caressant sa moustache, c'est sans doute vrai.

— Nous sommes des *pirates*, intervient Barbossa, pas des héros au grand cœur !

— Ça, c'est vrai aussi.

— Mais *elle* a besoin de notre aide ! gémit Diego.

— Elle ?

— Carolina. Elle n'a que quinze ans. Sa famille veut la marier au gouverneur, un vieil homme cruel… Elle n'avait pas d'autre choix que de fuir, et moi de l'aider ! La sauver serait une mission digne du noble capitaine Jack Sparrow.

— Hmmm, le noble capitaine Jack Sparrow... Ça me plaît. Mais Barbossa a raison. Nous sommes des pirates, pas des sauveteurs. Tâche de voir les choses du bon côté : le vieux gouverneur va peut-être chasser sa fiancée, puisqu'elle a essayé de fuguer.

— Non, soupire Diego. Sa famille tient à

ce mariage. C'est pour ça qu'ils transportent tout cet or.

À ces mots, les pirates retiennent leur souffle.

— De… l'or ? répète Jack.

— *Si.* Des coffres remplis de doublons espagnols, de bijoux, d'épées incrustées de pierreries… C'est le prix qu'ils sont prêts à payer pour que le gouverneur épouse leur fille.

— Je vois, fait Jack en se frottant le menton. Tu sais quoi, Diego ? Tu viens de me faire changer d'avis ! (Le jeune homme lève vers lui un regard plein d'espoir.) Oui, tu as raison. Le noble capitaine Jack Sparrow ne peut pas ignorer une jeune fille en détresse ! Équipage, rectifiez le cap et gonflez les voiles !

— Je peux savoir pourquoi nous ne faisons plus route vers la Caroline du Nord ?

— Voyons, Billy, nous avons une victime innocente à sauver !

Le jeune homme croise les bras.

— Je sais très bien que tu avais déjà changé le cap *avant* cette histoire de prisonnière. Est-ce que tu peux au moins me promettre de me ramener chez moi, après ?

— Mais bien sûr ! répond Jack avant de s'éloigner en sautillant.

Billy soupire. Il n'est pas près de revoir sa femme, son fils et sa maison…

Diego sort de la cale, clignant des yeux face au soleil.

— Tiens, dit Jack en lui tendant les jumelles. Regarde ces voiles rouges, là-bas. Ce ne serait pas le bateau des Espagnols ?

— *¡ Rojo !* s'exclame Diego. Oui, c'est bien ça !

— Nous serons sur eux avant le coucher du soleil !

Chapitre 4

L'attaque

Le ciel est d'un noir d'encre. Il n'y a pas d'étoile et la pleine lune est cachée par de gros nuages.

— Alors, on fait comment ? lance Barbossa, les yeux luisants d'excitation. On charge les canons, on mitraille à volonté ? Ou bien un bon duel à l'épée, d'homme à homme ?

Jack jette un œil au reste de l'équipage. Tous les hommes semblent à moitié endormis. Seul Catastrophe Shane est bien réveillé, mais c'est uniquement parce qu'il est mort de peur à l'idée de se battre.

— Je te reconnais bien là, Barbossa, soupire Jack. Tout dans les muscles, rien dans le crâne ! Non, nous allons les prendre par surprise. Éteignons toutes les lanternes. Plus une seule lumière, et plus un seul bruit à bord !

Avec ses voiles noires, le *Black Pearl* se fond dans la nuit et glisse comme une ombre sur les eaux pour se rapprocher de l'ennemi. Bientôt, des voix se font entendre : sur leur galion, les Espagnols bavardent et chantent à tue-tête.

— Qu'est-ce qu'ils racontent ? demande Jack à Diego.

— Ils disent qu'ils ont hâte d'être au banquet du mariage, entourés de jolies femmes.

(Le jeune Espagnol tend l'oreille.) Et aussi que leur plan réussisse, pour s'emparer des Caraïbes et faire la fête tous les jours.

— Quel plan ?

— Aucune idée !

— Nous arrivons droit sur eux, lance Billy dans un murmure.

— Parfait, chuchote Jack. Nous allons les prendre par le côté. Tous les hommes doivent être armés et prêts pour le combat !

Les secondes passent. Le galion espagnol est de plus en proche. Jack brandit son épée, mais soudain, une pensée le traverse.

— Billy ! souffle-t-il. Une seconde ! Tous les hommes doivent être armés, sauf…

BLAM !

Sur les deux navires, les membres d'équipage se jettent à plat ventre sur le pont, les mains sur la tête.

BLAM ! BLAM !

— Enlevez ce pistolet des mains de Catastrophe Shane ! s'écrie Jack.

Billy s'élance pour maîtriser le maladroit

qui, aveuglé par son chapeau trop grand, tire au hasard vers le ciel. Son pistolet tombe par terre. Sous le choc, les soldats espagnols observent ce bateau mystérieux surgi de nulle part. Mais quelques-uns commencent déjà à sortir leur épée…

— À vos armes, à l'attaque ! lance Jack à ses hommes.

Il s'agrippe à une corde et, d'un bond, s'élance dans les airs pour atterrir sur le pont adverse.

— DES PIRATES ! crie un garde.

— En chair et en os, confirme Jack en lui faisant la révérence.

Trois Espagnols se jettent sur lui en agitant leurs épées, mais il arrête leurs coups avec agilité. Tout en sautant sur un tonneau de bière, il désarme d'une pirouette l'un des Espagnols et plaque un autre à terre.

Agrippés aux cordes, les pirates du *Black Pearl* envahissent peu à peu le navire. Diego récupère le pistolet de Catastrophe Shane et se rue à l'assaut de l'ennemi.

— Carolina ! s'écrie-t-il. *¿ Donde estas ?* (Un soldat espagnol se précipite vers lui, mais il l'évite juste à temps et l'envoie voler par-dessus le bastingage.) Carolina, où es-tu ?

— *Yo oh,* Diego, dit une voix familière derrière lui.

En se retournant, Diego reconnaît le capitaine barbu qui a capturé Carolina sur l'Île de la Tortue. Puis il voit que l'homme a les mains liées dans le dos, et qu'un petit pirate, étrangement séduisant, le pousse de force en lui enfonçant un pistolet dans les côtes…

— C'est gentil d'être venu, plaisante Carolina en souriant sous son tricorne de pirate, mais j'ai déjà vu plus discret, comme mission de sauvetage.

— Au moins, je suis là, non ? Comment as-tu fait pour t'échapper de ta cabine ?

— Le capitaine m'avait fait sortir pour me demander d'enfiler *ça,* dit-elle avec dégoût en montrant avec sa main libre une longue robe en dentelle blanche. Tu sais à quel point j'ai horreur de m'habiller en fille !

Diego emmène le capitaine espagnol à l'avant du bateau et tire un coup de feu en l'air.

— Nous avons votre capitaine ! crie-t-il en espagnol. Jetez vos armes, et montrez-nous où est votre or ! Toi, toi, et toi ! dit-il en désignant trois soldats ennemis.

La tête basse, les hommes partent vers la cale, escortés par Barbossa et une poignée d'autres pirates

— Carolina, déclare Diego, je te présente le capitaine Jack Sparrow. Capitaine, voici mon amie, Carolina.

Jack découvre une jeune fille aux longs cheveux noirs et aux yeux sombres et vifs. Même déguisée en garçon, les joues sales, elle est ravissante.

— Merci, lui dit-elle avec un délicieux accent espagnol. J'aurais sûrement fini par m'évader toute seule, mais j'apprécie votre galanterie.

— La galanterie, ça me connaît, chérie, dit Jack en s'inclinant. Toujours prêt à voler au secours des âmes en détresse ! (Mais son regard est irrésistiblement attiré par l'entrée de la cale, où se sont engouffrés Barbossa et les autres.) Ravi de vous, euh… rencontrer. Hum… à présent, si vous voulez bien m'excuser…

Et il disparaît dans l'escalier.

Diego prend la main de son amie. Dire qu'hier encore, il croyait l'avoir perdue à jamais ! Ensemble, ils enjambent le bastingage pour rejoindre le pont du *Black Pearl*.

— Un vrai bateau de pirates ! s'enthousiasme Carolina. On pourra rester avec eux, tu crois ?

— Oui. Je suis sûr que Jack voudra bien te donner sa cabine, c'est la meilleure.

— Pas question. Je refuse qu'on me traite comme une princesse. Je veux devenir pirate, comme les autres !

Pendant ce temps, Barbossa et les autres rejoignent un à un le *Black Pearl*, les bras chargés de pièces d'or ou portant de gros coffres remplis de bijoux. En poursuivant sa visite du bateau avec Diego, Carolina aperçoit la longue-vue de Jack, posée près du gouvernail, et l'ajuste contre son œil.

— J'ai toujours rêvé de faire comme les marins, soupire-t-elle en fixant l'horizon.

Soudain, elle sursaute.

— Qu'est-ce qu'il y a ? s'inquiète Diego.

— Regarde !

Au début, Diego ne voit rien. Puis, soudain, il aperçoit une forme qui se détache, au loin, dans la nuit. Un bateau.

— C'est le *Centurion*, lâche-t-il dans un souffle. Villanueva arrive !

— Levons-nous et battons-nous ! hurle Barbossa. Montrons à ce satané Espagnol que nous sommes de vrais pirates, et…

— J'ai une meilleure idée, l'interrompt Jack : fuyons. Avec le *Pearl*, nous n'aurons aucun mal à le semer ! Allez, hop, cap sur La Nouvelle-Orléans !

Comme d'habitude, Jack n'a aucune envie de se battre – surtout pas contre Villanueva, le Seigneur Pirate le plus redoutable du Tribunal de la Confrérie. Ses visions et ses douleurs empirent.

— J'espère qu'on en profitera pour se débarrasser de ces deux-là, grogne Barbossa en montrant Carolina et Diego. Qui nous dit que ce ne sont pas des espions espagnols à la solde de Villanueva ?

— Jamais de la vie ! se fâche Carolina. D'ailleurs, si vous acceptez de nous garder à bord, nous vous révélerons un secret… très important.

— Un secret ? fait Jack, soudain intéressé. (Il sait que Barbossa et les autres désapprouveraient son choix, mais sa curiosité est trop forte.) C'est d'accord. Bienvenue à bord !

Carolina saute de joie et serre Diego dans ses bras.

— Alors, dit Jack, ce secret ?

— C'est à propos de Villanueva, explique Carolina. J'ai entendu des soldats parler de lui pendant qu'ils me retenaient prisonnière sur leur navire. Il travaille pour le gouvernement espagnol. Ensemble, ils ont conclu un marché : ils ont décidé d'unir leurs forces pour se débarrasser de tous les pirates, et conquérir les Caraïbes.

— Eh bien, c'est ce que nous verrons, dit Jack avec détermination.

Chapitre 5

Chez Tia Dalma

Le *Black Pearl* fait une entrée majestueuse dans le port de La Nouvelle-Orléans. À l'avant de son bateau, Jack observe la foule le long du quai. Soudain, il écarquille les yeux.

— Jean ! s'exclame-t-il. Jean Magliore !

Un jeune homme aux yeux verts, aux boucles châtain et au visage moucheté de taches de rousseur lui sourit. Jean Magliore est l'un des tout premiers membres d'équipage de Jack dans les Caraïbes, du temps où il commandait un plus petit bateau baptisé le *Barnacle*. Il a quitté Jack (avec sa sœur Constance, transformée en chat) pour mener une vie paisible dans un village maya, mais il a fini par s'ennuyer. Ils ne se sont pas revus depuis des années.

Jack n'a même pas besoin d'insister pour convaincre son vieil ami de venir à bord du *Black Pearl* : Jean cherche désespérément du travail.

— Le capitaine du bateau sur lequel je suis est un monstre, Jack. Tu n'aurais pas une place pour moi ?

— Bien sûr, camarade ! Surtout que tu n'as plus ton horrible sœur avec toi…

— Constance ? Ne t'inquiète pas. Elle est redevenue humaine. Merci de m'accueillir…

— De rien, l'ami ! Sois le bienvenu à bord !

— Il n'y a qu'un tout petit problème, ajoute Jean. C'est… ma cousine, Agathe.

Elle est orpheline, et elle n'a nulle part où aller…

— Oh, non… fait Jack en se prenant la tête entre les mains.

— Je t'en prie ! Elle n'a que moi au monde, je suis son seul protecteur. C'est une vraie peste avec moi, mais avec toi je suis sûr qu'elle se montrera gentille…

— J'AI TOUT ENTENDU !

Une petite blonde se tient derrière lui, les poings sur les hanches. Elle a environ le même âge que Carolina et porte une longue robe grise, très élégante. Ses yeux semblent marron, mais lorsqu'elle tourne la tête, Jack les voit… jaunes. Des yeux jaunes ? Ce mauvais sort lui fait de nouveau avoir des visions.

— Il est HORS de question que je voyage avec des pirates répugnants ! dit-elle.

Jean l'entraîne à l'écart pour la raisonner. Agathe tape du pied et crie « NON ! ». Son cousin lui parle longuement. Au bout d'un moment, il revient avec elle.

— Tout est arrangé, déclare-t-il. Agathe est d'accord !

À voir l'expression de la jeune fille, on jurerait le contraire.

— Bien, fait Jack, pas très rassuré par le caractère de cette nouvelle passagère. Je vous laisse arranger vos histoires ! Billy, je compte sur toi pour veiller sur le bateau et l'équipage pendant ma visite chez Tia Dalma. Barbossa, avec moi. Tu prends les rames !

Barbossa aurait préféré rester avec Billy. Il en a assez d'obéir aux ordres de Jack Sparrow, mais il ne dit rien. Un jour, les choses changeront…

Les deux hommes s'installent dans la chaloupe du *Black Pearl*, qui se faufile entre les gros bateaux pour remonter le Mississippi.

Pendant que Barbossa rame, Jack observe les rives du fleuve. Les douleurs sont de plus en plus fortes. Il a besoin d'un remède, et vite.

Tia Dalma est son seul espoir.

Jack se réveille en sursaut. Il fait nuit noire. Il a dormi d'un sommeil agité, plein de cauchemars.

— Où sommes-nous ? demande-t-il à Barbossa.

— Aucune idée. La barque avance toute seule. Comme si quelque chose l'attirait…

Sur la berge, la lueur verdâtre d'une lanterne perce l'obscurité. La chaloupe se dirige vers elle. Bientôt, elle atteint un ponton construit avec des planches à moitié pourries. Barbossa attache la barque, et les deux hommes suivent un sentier broussailleux qui s'enfonce dans la forêt.

Au bout de quelques minutes, ils arrivent

dans une clairière où se trouvent de gros rochers couverts de mousse.

— Des tombes, murmure Jack. Nous sommes dans un cimetière !

À ces mots, Barbossa blêmit et recule d'un pas.

— Bravo, Jack le rusé, déclare Tia Dalma, surgissant soudain de l'obscurité.

À la fois belle et terrifiante, elle fixe Jack de ses grands yeux sombres et intenses.

— Une ombre pèse sur toi, lui déclare-t-elle. Un nouvel ennemi a juré ta perte… Le Seigneur des Ombres.

Jack réprime un frisson malgré lui.

— Oh, le Seigneur des Ombres ? Et qu'est-ce qu'il me veut, celui-là ?

— Il est à la recherche de… ceci.

La sorcière ouvre la main. Une petite fiole contenant un liquide doré apparaît dans sa paume.

— Qu'est-ce que c'est ? fait Jack, soudain intéressé.

— De l'Or des Ombres. Grâce à lui, le

Seigneur des Ombres espère conquérir le pouvoir absolu. Mais il est très en colère. Ses sept fioles lui ont été volées.

— Par qui ? demande Jack.

— Par moi.

Il la dévisage, stupéfait.

— Alors pourquoi est-ce qu'il m'en veut à *moi* ? C'est un peu injuste, non ?

— Rassure-toi : il déteste tous les autres pirates du Tribunal de la Confrérie. Pour préparer sa vengeance, il a formé une armée maléfique, murmure Tia. Une armée invincible, née des ténèbres… Jack, toi seul peux l'arrêter !

— Ah oui ? Eh bien, très peu pour moi. Je ne suis pas au mieux de ma forme en ce moment, et…

— Justement, voici ton remède, répond Tia en lui tendant la fiole. Seul l'Or des Ombres peut anéantir le mauvais sort qui a été jeté contre toi. Mais si tu veux survivre, une fiole ne suffira pas. Tu dois boire le contenu des sept fioles.

— Rien de plus facile, se réjouit Jack, puisque c'est toi qui les as volées !

— Pas vraiment. En réalité, je me suis fait aider par un ami...

À cet instant, une créature jaillit d'entre les tombes. Barbossa lâche un cri horrifié, repart en courant sur le sentier et disparaît dans la forêt. La chose ressemble à un homme, mais elle marche d'un pas raide et mécanique. Sa peau est verdâtre, son regard absent fixe le vide.

— Jack, voici Alex... mon zombie !

— Ton... zombie ?

— Il naviguait avec le Seigneur des Ombres, autrefois, explique Tia Dalma avec fierté. Il le connaît mieux que personne. Je l'ai donc réveillé d'entre les morts pour qu'il aille voler les fioles : il a pu arrêter les projets du Seigneur des Ombres. C'est *après* que les choses se sont gâtées...

— Pourquoi ?

— Les zombies sont obéissants, mais pas très malins. Au lieu de cacher les fioles en lieu sûr, Alex les a réparties entre plusieurs Seigneurs du Tribunal de la Confrérie…

— Quoi ?!

— Mais aucun d'eux n'est au courant. Tu dois retrouver ces fioles, Jack. Celle-ci te guérira pendant quelque temps, dit Tia en lui tendant la sienne.

Jack avale le liquide glacé et sent aussitôt qu'il regagne ses forces. La douleur dans sa poitrine et ses visions disparaissent. Il ne s'est jamais senti aussi bien !

— Parfait, dit-il. Où sont les autres ?

— Je ne peux te donner qu'un seul indice : commence tes recherches par l'Amérique du Sud. Et prends ceci avec toi.

La sorcière sort un objet de sa poche : un petit morceau de corde enroulé de plusieurs nœuds.

— Qu'est-ce que c'est que ce truc ? marmonne Jack.

— Un *quipou*. Et ce n'est pas tout : Alex t'accompagnera. Il pourra t'aider.

Jack fait la grimace et regarde le zombie de la tête aux pieds.

— Bon, eh bien… s'il le faut, en route !

Ils traversent la forêt pour rejoindre l'embarcadère où attend Barbossa, qui pousse un cri en apercevant Alex.

— Là, là… derrière toi !

— Ne t'inquiète pas, lui dit Jack. Une fois qu'on le connaît, on s'habitue très bien… sauf pour l'odeur, bien sûr, ajoute-t-il tout bas. Alex, j'espère que tu sais ramer ?

— Oui, capitaine Sparrow, répond le zombie d'une voix grave.

« Capitaine Sparrow »… Avoir un zombie à bord n'est peut-être pas si mal, après tout !

Chapitre 6

L'Armée des Ombres

Le jour se lève. Des plantations de tabac et des fermes bordent les rives du fleuve. Rassuré par ce paysage familier, Jack se détend un peu dans la chaloupe. Six fioles à retrouver, dont l'une cachée en Amérique du Sud… Mais autant ne pas révéler à l'équipage la vraie raison de cette expédition. Si les pirates savaient que leur capitaine avait besoin de l'Or des Ombres pour guérir, ils ne le suivraient certainement pas !

— Bizarre, dit Barbossa en fronçant les narines. Ça sent le brûlé.

Jack se redresse et observe les alentours. En effet, une odeur de brûlé flotte dans l'air. Sur la rive, une fumée épaisse et noire s'élève.

— Sûrement un incendie dans une plantation. Quel gâchis, tout ce bon tabac ! (Il tend l'oreille et perçoit des cris et des coups de feu.) Je parie que c'est une rébellion d'esclaves !

Jack a toujours été contre l'esclavage. Il a même quitté la Compagnie des Indes après avoir libéré des hommes et des femmes considérés comme de la marchandise.

— Regarde ! s'écrie Barbossa. Il y a quelqu'un !

Un grand homme musclé court le long

de la rive, dans les herbes hautes. Sa peau couleur d'ébène brille à la lumière du soleil matinal. Derrière lui, des chiens aboient.

En apercevant la chaloupe et ses occupants, l'homme saute dans l'eau pour nager jusqu'à eux. De ses bras puissants, il se hisse à l'intérieur de l'embarcation et s'écroule, épuisé, entre Alex et Jack.

— Rame plus vite, ordonne le capitaine au zombie.

La barque fend les eaux du Mississippi, et bientôt les nuages noirs de la fumée sont loin derrière eux.

— Merci, murmure le fugitif. Vous m'avez rendu ma liberté.

— Qu'est-ce que tu vas faire maintenant ? lui demande Jack.

— Fuir et me cacher pour échapper à mon maître, dit l'inconnu. Il va me poursuivre…

— Vraiment ? Il se trouve que je connais un moyen de transport idéal pour fuir rapidement… un bateau de pirates !

Le regard de l'homme s'illumine.

— Vous m'accepteriez à bord ?

— Absolument. Je suis le capitaine Sparrow !

— Et moi, Gombo. On m'a toujours appelé comme ça.

— Tu t'y connais en navigation ?

— J'apprends vite. Et je suis un très bon cuisinier.

Cette fois, c'est Jack qui arbore un grand sourire.

— Alors tu tombes à pic ! Bienvenue parmi nous, Gombo !

Le reste de l'équipage attend le retour de Jack et Barbossa. Tous les pirates accueillent Gombo chaleureusement. En revanche, l'arrivée d'Alex le zombie est moins appréciée...

Le *Black Pearl* est prêt à quitter La Nouvelle-Orléans. Mais il y a un autre petit problème : Agathe, la cousine de Jean, a profité de l'absence du capitaine pour prendre sa cabine, sous prétexte qu'elle refuse de dormir dans un hamac comme les autres pirates.

— Madame, proteste Jack à travers la porte, je suis le capitaine de ce bateau et vous êtes dans *ma* cabine, compris ?

— Ah ! s'exclame Carolina, qui a surpris leur conversation. Mademoiselle fait des caprices !

La porte s'ouvre d'un coup sec.

— J'AI ENTENDU ! hurle Agathe en sortant de la cabine. Qui ose me parler sur ce ton ? J'appartiens à la famille des Magliore, je ne suis pas une simple paysanne espagnole comme certaines !

— Moi, paysanne ? répond Carolina. *Je* suis une véritable princesse espagnole, avec du sang royal dans les veines. Si je peux dormir dans un hamac, n'importe qui peut le faire !

Carolina, une vraie princesse ? Tout le monde ouvre des yeux stupéfaits. Jack en profite pour se faufiler derrière Agathe et récupérer sa cabine.

— Et toc ! dit-il en lui claquant la porte au nez.

Le *Black Pearl* approche des côtes du Panama. Assis dans la hune au sommet du mât, Carolina et Diego sont blottis l'un contre l'autre.

— Je n'aurais pas dû avouer que j'étais une princesse, murmure Carolina. Maintenant, comment est-ce que je peux me faire accepter en tant que pirate ?

— Ne t'inquiète pas. Je crois que tu as déjà fait tes preuves.

C'est la fin de l'après-midi. Carolina fixe la ligne d'horizon. Soudain, elle attrape le bras de son ami. Elle vient d'apercevoir une voile au loin : un autre bateau suit le *Black Pearl* !

Diego et Carolina redescendent sur le pont prévenir Jack.

— Ne vous inquiétez pas pour ça, les rassure-t-il. Personne ne peut nous rattraper. Le *Pearl* est le navire le plus rapide au monde !

— C'est vrai, approuve Diego. À son bord, on est en sécurité.

— Jusqu'au jour où le Seigneur des Ombres va nous retrouver, lâche Alex d'une voix lugubre.

À cet instant, Agathe surgit sur le pont.

— Qu'est-ce que c'est que cette puanteur ? Si c'est le dîner de ce soir, je n'y toucherai pas !

En effet, une horrible odeur de brûlé commence à leur picoter les narines. Mais avec un excellent cuisinier comme Gombo, impossible que ce soit le repas qui sente aussi mauvais !

— J'ai l'impression que ça vient de par là, dit Diego en désignant les terres.

Tous les pirates tournent la tête. Sur la côte

du Panama, dont ils se sont rapprochés, ils découvrent des villages détruits, la végétation et des maisons calcinées, un fort en ruine...

— L'Armée des Ombres est passée par ici, dit Alex d'une voix sombre. Elle a accompli son œuvre maléfique.

Tout le monde est trop horrifié pour parler. Jack frissonne, et sent quelque chose d'invisible tirer sur son manteau. Voilà que ses hallucinations le reprennent. Il doit absolument mettre la main sur la deuxième fiole de l'Or des Ombres.

Le lendemain matin, Jack réunit ses compagnons dans sa cabine. Un soleil radieux brille à travers les hublots.

— Bien, camarades, dit-il en déposant le *quipou* sur la grande table ronde. À votre avis, qu'est-ce que c'est ?

Diego, Billy, Carolina et Barbossa se penchent au-dessus de l'objet.

— On dirait un morceau de corde, dit Carolina. Avec des nœuds.

— Merci pour cette *brillante* observation, répond Jack, mais à quoi cette chose peut-elle bien servir ? Comment va-t-elle m'aider à retrouver l'Or des Ombres ?

— Il faut peut-être le mouiller, propose Diego.

— Ou le manger, continue Barbossa. Ou…

Un cri perçant interrompt ses paroles. Il y a de la bagarre, au-dehors. On entend un bruit d'éclaboussure, comme si on venait de jeter un objet lourd à la mer. Quelques secondes plus tard, Jean entre dans la cabine.

— Pardonnez-moi, mais…

— Laisse-moi deviner, soupire Jack. Encore ta cousine ?

— Gombo lui a demandé de passer la serpillière sur le pont. Furieuse, elle a jeté le seau et le balai par-dessus bord… Tiens, vous avez un *quipou* ?

Tout le monde le regarde.

— Tu sais ce que c'est ? lui demande Jack.

— Bien sûr, dit Jean. Ça sert à envoyer des messages. La forme de chaque nœud a une signification. C'est une invention des Incas.

— Les Incas ?

— C'était un peuple très puissant, avant l'arrivée des Espagnols, explique Jean. Ils vivent dans les régions montagneuses d'Amérique du Sud.

Jack hoche la tête.

— L'Amérique du Sud, hein ? Camarades, je crois que la deuxième fiole de l'Or des Ombres se trouve chez les Incas !

Chapitre 7

En terre inca

Le *Black Pearl* continue à longer les côtes d'Amérique du Sud, mais Jack retourne la carte dans tous les sens pour comprendre où ils sont.

— Les Incas vivent dans les Andes, au Pérou, indique Jean en se penchant par-dessus son épaule pour lui montrer un point précis sur le plan. On devrait amarrer le bateau et poursuivre notre chemin à pied.

— Excellente idée ! dit Jack. Barbossa, trouve-nous un endroit où cacher le bateau.

Le maître d'équipage s'éloigne en grognant. Quelques instants plus tard, le bateau s'engage dans une petite crique qui donne sur une plage de sable blanc bordée de palmiers. Au-delà s'étend la jungle.

— C'est parfait, dit Jack. Barbossa, Diego, Gombo, Jean, vous venez avec moi. Billy, tu restes ici avec les autres.

— Et moi ? demande Carolina. Je veux venir !

Jack accepte d'un hochement de tête.

— Moi aussi, crie Agathe. Pas question que je reste seule ici, avec ces horribles pirates. Je veux aller avec Diego ! ajoute-t-elle en faisant un clin d'œil au jeune homme.

— D'accord… Mais ne viens pas te plaindre si tu te fais dévorer par des panthères.

Une fois arrivé sur la plage, le petit groupe découvre des traces de pas : un autre bateau a accosté ici. Un sentier s'enfonce dans la jungle, comme si plusieurs personnes s'étaient frayé un passage à coups de machette.

— Restez ici, fait Gombo. Je pars en éclaireur.

Il revient une dizaine de minutes plus tard.

— Il y a un fort, là-haut. Avec le drapeau espagnol.

— Est-ce qu'il y a des gardes ? demande Barbossa.

— Peu importe, dit Jack. Ce fort n'est pas intéressant. Nous le contournerons pour rejoindre les montagnes.

— Mais il y a sûrement quelque chose

là-bas, insiste Barbossa. Quelque chose à *voler*... J'ai une idée : si j'allais voir ce fort de plus près ? Continuez votre chemin, et retrouvons-nous plus tard au bateau.

Jack est trop préoccupé par l'Or des Ombres pour remarquer la lumière mauvaise qui brille dans les yeux de son maître d'équipage. Mais Diego et Gombo comprennent que Barbossa leur cache quelque chose.

— Je t'accompagne, décide Diego.

— Moi aussi, dit Gombo.

— Et moi, je veux suivre Diego, ajoute Agathe.

Barbossa n'a pas d'autre choix que d'accepter, et le petit groupe se sépare en deux.

— Bon... mon plan n'était peut-être pas le meilleur, avoue Jack au bout d'une heure de marche.

Jean, Carolina et le capitaine marchent difficilement à travers la jungle. Ils n'ont aucune idée de l'endroit où ils se trouvent.

— Jetons un œil au *quipou*, propose Jean. Ça nous aidera peut-être.

Jack sort l'objet de sa poche et fait quelques pas pour le placer à la lumière du soleil.

— Maudite corde, marmonne-t-il. À quoi bon… AAAAAAAAAAAAH !

Avec un cri effroyable, il disparaît dans un trou.

— Jack ! crient ses compagnons. Est-ce que ça va ?

— Bien sûr que oui, répond le capitaine d'un ton blasé. Regardez ce que je viens de trouver !

— Quoi, un trou dans le sol ? se moque Carolina.

— Non, des galeries secrètes ! Et ce n'est pas tout… (Il montre le *quipou*, qui brille d'une lueur argentée.) Je savais que ce machin avait des pouvoirs mystiques !

Carolina et Jean descendent prudemment

le long de la paroi pour le rejoindre. Ils se trouvent maintenant au croisement de plusieurs tunnels, et hésitent : quel est le bon chemin ? Quand ils s'avancent vers la gauche, le *quipou* se met à briller encore plus fort.

— *¡ Increíble !* souffle Carolina.

Ils continuent. Les parois de pierre du tunnel sont glacées et humides. À chaque nouvelle intersection, le *quipou* leur montre la direction à suivre. Malgré l'obscurité, Jack voit de plus en plus les hallucinations des ombres qui le pourchassent.

Enfin, le tunnel se met à grimper. Plus loin, ils aperçoivent de la lumière. Avec un petit cri triomphal, Jack se met à courir vers la sortie.

Dehors, le soleil se lève… Ça n'a aucun sens : à leur entrée dans le tunnel, c'était encore le milieu de journée ! Plus surprenant encore, ils sont sortis de la jungle et se trouvent en pleine montagne, très loin de la mer.

— Euh, Jack… dit Jean d'une voix étranglée.

Le capitaine fait volte-face et réalise qu'ils se trouvent au pied d'une cité en pierre bâtie au sommet de la montagne, constituée d'un labyrinthe de temples et d'escaliers. Une petite foule est rassemblée en haut d'un autel, où un homme vêtu d'une longue tunique brandit une lance dorée. Il foudroie Jack du regard.

À vrai dire, *tout le monde* le foudroie du regard.

— Oh non, soupire-t-il... Le comité d'accueil inca !

Chapitre 8

Le Code

Le fort n'est pas très grand, mais ses murs sont épais et solides. De petits canons sont postés au sommet, à côté du drapeau espagnol qui flotte dans le vent chaud. L'endroit semble désert : pas le moindre garde en vue.

— Je connais l'armée espagnole, murmure Diego. Ils sont sûrement à l'intérieur, en train de faire la *siesta*.

— Tu es si intelligent, Diego ! soupire Agathe en battant des cils.

— Si on allait les réveiller ? propose Barbossa.

— Il faudrait d'abord trouver le moyen d'entrer... dit Gombo.

— J'ai *hâte* d'entendre votre plan, Monsieur-Je-Sais-Tout, ricane Agathe. Marcher jusqu'à la porte et frapper, peut-être ?

— Pourquoi pas ? répond Gombo avec un grand sourire. À vous l'honneur, puisque vous l'avez proposé !

Les autres se tournent vers elle.

— Moi ? Ça non, pas question !

Fernando Ruiz a la nostalgie de son pays, l'Espagne. Il repense aux rues pavées de Madrid, aux danseuses de flamenco, aux corridas... Lui qui a rêvé de gloire et d'aventure en s'engageant dans l'armée, il est coincé dans un fort en pleine jungle, et en plus il transpire à grosses gouttes sous son uniforme.

Les trois autres soldats assis à sa table semblent aussi déprimés que lui. Même leur partie de cartes ne les distrait pas.

— Écoutez, dit un des soldats, on a frappé à la porte !

— Ici, au milieu de la jungle ? se moque Ruiz.

— C'est peut-être Villanueva ? suggère le troisième soldat en posant tranquillement une carte sur la table.

— Avec un jour d'avance ? Ça m'étonnerait. Même s'il a sûrement hâte de récupérer l'or que nous gardons pour lui...

— À moins que ce ne soit l'expédition pour retrouver cette princesse, dit le capitaine. Tout le monde la cherche.

— C'est ça, répond Ruiz en se grattant le nez, je suis sûr qu'il y a une princesse devant la porte !

— Eh bien, va vérifier ! lui ordonne le capitaine.

— Moi ? Et pourquoi ça ?

— Parce que tu as perdu la dernière partie.

Furieux, Ruiz jette ses cartes et part traverser la cour pour aller jusqu'à l'entrée. Quand il ouvre la porte, il n'en croit pas ses yeux : une jeune fille blonde, très en colère, se tient devant le portail, les poings sur les hanches. *Mes cinq mois dans la jungle m'ont peut-être rendu fou ?* pense-t-il.

— Qui êtes-vous ?

La réponse de l'inconnue est incompréhensible. Elle a l'air de parler en français. Elle tape du pied et frappe la porte avec ses poings.

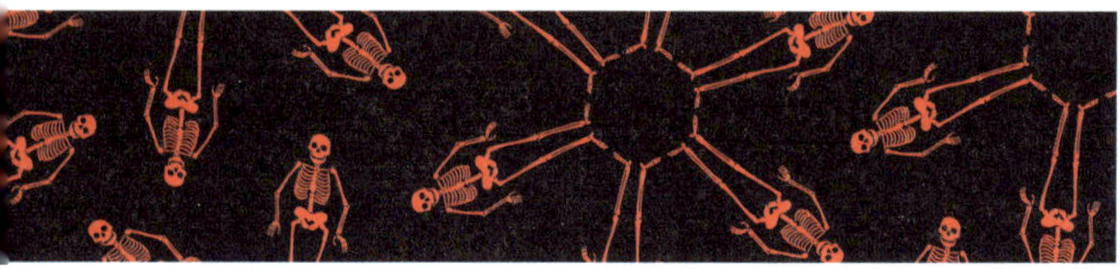

Ruiz hésite, puis la laisse entrer. Agathe pénètre à l'intérieur, l'air hautain et satisfait. Impressionné, Ruiz lui fait la révérence… et, en se redressant, il se retrouve nez à nez avec le canon d'un pistolet braqué sur son visage.

— Surprise, fait Barbossa en souriant. Merci de nous inviter.

Au même instant, Diego, qui a escaladé le mur de derrière, surgit à l'autre bout de la cour avec un garde en otage.

— J'ai ligoté ses trois amis, là-haut. Celui-ci a accepté de nous conduire jusqu'à l'or de Villanueva.

— Villanueva a de l'or ici ? s'étonne Barbossa.

— C'est ce que j'ai entendu en les écoutant parler. Son accord avec les Espagnols doit beaucoup lui rapporter !

Le soldat leur montre le bureau de l'amiral.

— *Gracias*, le remercie Diego en espagnol. Pour ta peine, je vais te confier une information secrète : cette princesse que tout le monde recherche… il paraît qu'elle est sur un bateau en route pour l'Irlande !

Le soldat repart, tout content. Gombo se penche vers Diego.

— Je n'ai pas compris un mot de ce que tu

lui as dit, mais c'était pour sauver Carolina, j'imagine ?

— J'espère… Je ferais tout pour la protéger.

Le bureau de l'amiral est une petite pièce dotée d'une seule fenêtre. Il contient un gros bureau en chêne, quelques meubles, une carte des Caraïbes accrochée au mur… et, surtout, un énorme coffre. Barbossa s'empresse d'aller l'ouvrir. Il n'est même pas fermé à clé. À l'intérieur s'entassent des montagnes de pièces d'or scintillantes.

— Vite, ordonne Barbossa. On emporte l'or et on fiche le camp d'ici, avant que cette canaille de Villanueva ne mette la main sur nous !

— Canaille ? répète Agathe en s'asseyant sur un coin du bureau. Bah, c'est un pirate comme les autres, non ?

— Les pirates ne sont pas des canailles ! Aucun d'entre nous n'oserait enfreindre le Code.

— Quel Code ? demande la jeune fille.

Pendant qu'ils parlent, Gombo fouille dans un tiroir et découvre deux gros sacs en tissu vides.

— Le Code a été rédigé il y a très longtemps par le Tribunal de la Confrérie, explique Barbossa pendant que Gombo et Diego remplissent les sacs d'or. Le Tribunal est composé de neuf Seigneurs, les plus grands pirates des Sept mers. Et aussi… de Jack.

— Jack est un Seigneur ? demande Agathe, toujours assise sur le bureau.

— Oui, pour l'instant… fait Barbossa. Bref, Morgan et Bartholomé, deux des membres du deuxième Tribunal, ont rédigé le Code des Pirates, et nous vivons depuis selon ses principes.

Agathe hausse les épaules. Visiblement, ça ne l'intéresse pas.

— Dites, grogne Gombo, je crois que ça irait plus vite si *certaines* personnes voulaient bien nous aider.

— Oui, ajoute Diego, il y a un autre sac dans le placard.

— D'accord, accepte Agathe. Pour toi, Diego, je veux bien !

Elle se lève et, au passage, fait tomber des documents entreposés sur le bureau. L'attention de Diego est attirée par la signature au bas d'une lettre. Il s'arrête pour la lire :

Cher Amiral,

Je vous propose une alliance bien plus intéressante que celle que vous avez contractée avec le Seigneur Villanueva. Moi aussi, la disparition des pirates et du Tribunal de la Confrérie est mon plus cher désir ! Je dispose de ma puissante Armée des Ombres. Elle a déjà fait ses preuves dans un certain village du Panama… Tout ce dont j'ai besoin, c'est d'un bateau. Je m'apprête à trahir l'un des Seigneurs afin de récupérer son navire et son équipage. Si vous me laissez m'occuper de nos intérêts, je vous promets que vos mers seront bientôt libérées des pirates… à jamais. J'attends votre réponse.

Le Seigneur des Ombres.

L'écriture est saccadée, difficile à lire... C'est celle d'un fou. Diego se souvient encore des horreurs aperçues sur la côte du Panama, et il se demande quelle a été la réponse de l'amiral espagnol. Il mémorise le contenu de la lettre et la remet soigneusement à sa place.

— Maintenant, on prend les sacs et on fiche le camp, ordonne Barbossa. (Il entrebâille la porte pour vérifier les alentours.) La voie est libre, c'est parti !

Ils regagnent tous les quatre la sortie du fort, satisfaits d'avoir mené leur mission à bien.

Mais la plus satisfaite d'entre tous est Agathe.

Discrètement, elle a laissé un message sur le bureau de l'amiral.

Et ce message dit : « *La princesse Carolina se cache à bord du* Black Pearl. »

Chapitre 9

La deuxième fiole

Jack essaie de se cacher derrière Jean et Carolina, pendant que les habitants du village le fixent sans un mot. Le prêtre inca se précipite vers eux en les menaçant avec sa lance. Il court à une vitesse fulgurante, malgré sa peau ridée et ses cheveux blancs qui lui donnent l'air d'un vieillard.

— Comment osez-vous interrompre la cérémonie ? Qui êtes-vous ? D'où venez-vous ?

Soudain, son visage s'adoucit en apercevant le *quipou* que Jack tient à la main.

— Ah, je comprends, dit-il en souriant. Vous êtes envoyé par mon amie Tia Dalma. Vous cherchez l'Or des Ombres ?

— En effet, fait Jack, soulagé. Je suis le légendaire Capitaine Jack Sparrow. Vous avez donc entendu parler de moi ?

— Non. Tia m'a juste demandé de veiller sur l'Or jusqu'à ce qu'un ami à elle vienne le chercher.

Jack hausse les épaules, vexé.

— Très aimable de votre part. Où se trouve l'Or ?

— Là-haut.

Le vieil homme se retourne pour désigner une montagne escarpée qui s'élève au-dessus des nuages, à l'autre bout de la cité inca. Aïe, Jack réalise qu'un escalier étroit y est creusé à même la roche.

— Vous devez y aller vous-même, capitaine, ajoute le prêtre. Tia Dalma l'a ordonné.

Jack pousse un long soupir. Au moins, il aura le temps de boire le contenu de la fiole avant que quiconque puisse l'en empêcher.

Les habitants du village l'accompagnent jusqu'au pied des marches. Jack confie son précieux chapeau à Carolina, car il y aura sûrement beaucoup de vent au sommet.

— Bon, je reviens dans cinq minutes. Tâchez de ne pas trop vous amuser en mon absence.

D'un pas résolu, il entame son ascension.

Au début, les marches ressemblent à celles d'un escalier normal. Puis, au fur et à mesure, elles sont de plus en plus raides et étroites, et Jack doit s'aider de ses mains. Il a l'impression d'escalader un mur.

Plus il monte, plus la température se refroidit. Il essaie de ne surtout pas regarder autour de lui. Il a peur d'avoir le vertige. Le seul fait d'avoir *dépassé* les nuages suffit presque à le rendre malade. *Allez*, se dit-il, *pense à tous les mâts que tu as escaladés… pense à toutes ces heures passées, perché dans la hune, à fixer l'horizon*. Il continue à grimper avec rapidité et assurance.

Au bout d'un long moment, il lève les yeux et il réalise qu'il a atteint le sommet. Un temple à ciel ouvert se dresse devant lui. Essoufflé, Jack se hisse jusqu'en haut et s'écroule sur la pierre glacée. Le temple contient un petit autel percé de plusieurs niches. Et entreposée dans l'une d'entre elles, pile dans l'axe des rayons du soleil levant… se trouve la fiole de l'Or des Ombres, étincelante !

Le cœur battant, Jack se relève et court vers elle. Il tend la main pour la saisir…

quand une épée surgit devant lui, manquant lui couper les doigts pour ricocher sur l'autel avec un bruit métallique.

Stupéfait, Jack a un mouvement de recul et découvre son agresseur.

C'est Villanueva.

— Je vois que tu en as après mon or, gronde le pirate espagnol.

— Minute… Tu peux me dire comment tu es arrivé jusqu'ici ?

— Il y a un chemin plus facile de l'autre côté. Je suis venu à dos de lama.

— C'est injuste, dit Jack. Quelqu'un aurait pu me dire qu'il y avait un raccourci… Et depuis quand est-ce que c'est *ton* or ?

Il veut se rapprocher de la fiole, mais Villanueva lui barre la route d'un coup d'épée. Jack sort sa propre épée et se met en position d'attaque, en sautillant sur place.

— Chevalle, mon vieux rival, m'a dit que Maîtresse Ching possédait l'une de ces fioles. Et je le soupçonne d'en avoir une aussi.

D'après lui, cet or est destiné au Seigneur le plus puissant… Donc, j'en déduis qu'il ME revient !

— Ou pas ? suggère Jack.

Villanueva se rapproche de l'autel, et Jack engage le combat.

— Tu ne sais même pas ce que c'est, dit-il entre deux coups de lame. Juste un truc qui brille. Peut-être un talisman maudit. Si ça se trouve, je te rends service en le prenant !

Villanueva esquive les attaques de Jack et riposte de plus belle. Malgré sa petite taille, c'est un combattant exceptionnel. Le bruit métallique de leurs armes provoque un écho dans la montagne, qui déclenche des avalanches à plusieurs kilomètres.

À force de reculer pour parer les coups de son adversaire, Jack se retrouve au bord de la falaise. Avec de grands moulinets des bras, il arrive à retrouver son équilibre, mais c'est trop tard – Villanueva court déjà vers la fiole.

— Non ! s'écrie Jack. C'est *mon* truc brillant !

Il fait une pirouette dans les airs et atterrit sur l'autel au moment où son rival tend la main. Rapide comme l'éclair, il prend la fiole, mais Villanueva agrippe son poignet. Les deux pirates luttent pour la fiole. Jack trébuche, mais il arrive à donner un coup de poing dans le ventre de son ennemi. Villanueva lâche prise avec un grognement avant de se recroqueviller en portant ses mains à son ventre.

Aussitôt, Jack avale le contenu de la fiole. À mesure qu'il boit, il sent une force et une énergie nouvelles l'envahir – encore plus que la dernière fois. Il se sent rajeunir, il est en pleine santé !

Villanueva le fixe avec des yeux ronds.

— Tu l'as *bu* ? Mais tu as perdu la tête ! Quel gâchis !

— Pas pour moi ! Jack saute au bas de l'autel et fait une révérence à son rival. Excellent combat. J'étais ravi de te croiser, cher ami. À bientôt !

Il court vers l'escalier et commence à descendre les marches deux par deux, avant de se retourner pour crier :

— Au fait… on travaille pour l'armée espagnole, maintenant ? Même venant de toi, tu ne trouves pas ça un peu pitoyable ?

Le pirate reste muet, et Jack éclate de rire en dévalant l'escalier. Il se sent si léger qu'il a l'impression de voler.

Cet Or des Ombres est vraiment fantastique… Si deux fioles lui donnent autant de vigueur et d'énergie, il a hâte de mettre la main sur la troisième !

Chapitre 10

La fuite

Pour Jack, la descente de l'escalier est bien plus facile que la montée. Carolina et Jean sont surpris de le voir revenir si vite.

— Que se passe-t-il, un problème ? lui demande Jean.

— Pas du tout. J'ai la fiole ! (Il l'a emballée dans son mouchoir, pour ne pas montrer qu'elle est vide.)

— Bravo, capitaine, le félicite le prêtre inca. Vous avez récupéré l'Or des Ombres, et honoré la confiance de Tia Dalma.

— Où est-ce qu'on va, maintenant ? veut savoir Jean.

Le vieil homme presse le *quipou* entre ses doigts et ferme les yeux. Puis il hoche la tête, enfouit l'objet dans les replis de sa tunique et tend à Jack sa lance en or, qui étincelle à la lumière.

— Cet objet vous sera utile. Il contient le pouvoir du dieu du soleil, Inti.

Jack n'est pas vraiment convaincu : cette lance a l'air légère et peu solide. Mais il remercie quand même le vieux prêtre. L'Inca les raccompagne jusqu'à l'entrée du tunnel.

— Bonne chance, déclare-t-il tristement. Le Seigneur des Ombres est un être redoutable. Un grand malheur frappera les Sept mers si personne ne l'arrête. J'espère que vous trouverez la force de lui barrer la route !

Pas très rassuré par ces paroles pessimistes, Jack entraîne précipitamment ses compagnons dans le souterrain.

— Bien, bien, merci du conseil… et au revoir ! Amis, le *Black Pearl* nous attend !

Dans l'obscurité du tunnel, la lance dorée brille encore plus que le *quipou*. Grâce à sa lumière, Jack et ses compagnons s'orientent sans problème. Ils finissent par ressortir à l'air libre, de l'autre côté de la montagne, au cœur de la jungle d'où ils sont partis. À en juger par la position du soleil, qui n'a presque pas bougé dans le ciel, leur expédition semble avoir duré quelques instants à peine…

— Voilà ce que j'appelle une mission réussie ! se félicite Jack en nettoyant son manteau. Non pas que mes missions échouent normalement. Maintenant, nous n'avons plus qu'à…

— ¡ *Aqui !* s'exclame une voix. ¡ *Los piratos !*

— Oh, non, soupire Jack. On dirait que les ennuis recommencent…

Ils font volte-face. Un soldat espagnol court vers eux entre les arbres, à toute vitesse. Vite, ils se retournent pour partir dans l'autre sens… mais un groupe de soldats fonce droit sur eux.

— J'ai un plan, fait Jack. Vous faites diversion, et je prends la fuite.

— À vos ordres, capitaine ! crie Carolina en brandissant une épée. Je vous défendrai jusqu'au bout !

— Excellent. Un plan simple, comme je les aime !

Sur ces mots, il file comme une flèche pour rejoindre le sentier qui mène à la plage. Jean saisit le bras de Carolina.

— Il ne faut pas l'écouter ! Partons ! Tu crois que Jack te défendrait, dans la situation inverse ?

— Bien vu, dit Carolina en rangeant son épée.

Ils s'élancent tous les deux à la suite du capitaine. Les branches leur fouettent le visage, et ils se prennent les pieds dans des racines. Derrière eux, ils entendent des coups de feu et des bruits de botte : les Espagnols les pourchassent.

Ils débouchent enfin sur le sentier, et découvrent Jack engagé dans une lutte féroce contre trois soldats en même temps : d'une main, il se protège avec la lance et de l'autre il donne des coups d'épée. Jean et Carolina viennent lui prêter main-forte. Leurs lames s'entrechoquent contre celles des ennemis. Bientôt, ils réussissent à les faire reculer sur le chemin en direction du fort. Mais à chaque instant, ils risquent d'être rattrapés par le groupe lancé à leur recherche.

— Vite ! crie Carolina en empoignant l'autre extrémité de la lance de Jack.

À deux, ils la tiennent comme une barre horizontale et se ruent vers les trois hommes pour les faire tomber comme un jeu de quilles.

— Pas mal, comme truc, dit Jack. Je m'en souviendrai.

Les pirates enjambent les soldats espagnols étalés à terre, et partent à toutes jambes sur le sentier pour regagner la plage.

Lorsqu'ils arrivent sur le sable blanc, le *Black Pearl* semble prêt à reprendre la mer, toutes voiles dehors. Sur le pont, Barbossa est en pleine discussion avec Gombo, Diego et Billy.

— Quelle perle, ce Barbossa ! dit Jack. Il a préparé le bateau pour que nous puissions partir plus vite !

Carolina plisse les yeux : elle a plutôt l'impression que le maître d'équipage voulait prendre la fuite seul, en abandonnant son capitaine sur l'île…

Ils plongent dans les vagues et nagent jusqu'au navire, attrapant les cordes que leur lancent Billy et Diego pour grimper à bord.

— Oh, Jack, bonjour, bafouille Barbossa avec un sourire hypocrite. Je, euh… t'attendais.

Trop préoccupé par ses poursuivants, Jack ne remarque pas l'embarras de son maître d'équipage.

— Levez l'ancre ! ordonne-t-il d'une voix forte. Gonflez les voiles ! Et tout le reste ! En route, et en vitesse ! Au fait, Barbossa… c'est *capitaine* Jack.

Les pirates courent et s'agitent sur le pont. Pendant ce temps, les soldats espagnols, furieux, débarquent sur la plage en agitant leurs mousquets en direction du navire. Mais il est trop tard : le *Black Pearl* leur a échappé.

À bord, Diego se précipite vers Carolina pour la serrer dans ses bras.

— J'étais très inquiet! s'écrie-t-il.

— Et moi donc ! plaisante la jeune fille. Grâce à vous, la moitié de l'armée espagnole était à nos trousses !

— Oui… mais je les comprends : on les a délestés de plusieurs sacs d'or. (Il fait sauter une pièce dans sa main.)

Son amie le regarde d'un air impressionné.

— Ce n'est pas génial, d'être pirate ? dit-elle gaiement.

— C'est aussi dangereux. Je suis tombé sur une lettre du Seigneur des Ombres… C'est un monstre, Carolina. Je m'en veux de te faire courir autant de risques.

Elle lui prend la main.

— Au moins, nous sommes ensemble, non ?

Au même moment, la voix aiguë d'Agathe retentit à l'autre bout du pont :

— Oh, Dieeeeego ! J'ai besoin de ton aide !

Carolina sourit.

— Ton admiratrice t'appelle, on dirait.

Avec un soupir, Diego rejoint Agathe à la poupe du navire. C'est le soir. Le *Black Pearl* prend de la vitesse le long de la côte sud-américaine, plein est. Des nuages noirs s'amassent dans le ciel. La nuit s'annonce agitée.

— Je ne comprends pas comment ça marche, dit Agathe en tendant la longue-vue à Diego. C'est trop compliqué !

— Pas vraiment, répond le jeune homme. Il suffit de la mettre contre son œil, comme ça, et de…

Il s'interrompt, les yeux rivés sur la mer derrière eux.

— Oh, je suis sotte ! Je la prenais dans l'autre sens, s'exclame Agathe. Merci, tu es tellement…

— Capitaine Sparrow ! appelle Diego. Venez voir, vite !

Jack apparaît en haut des marches.

— Oh non, quoi encore ? soupire-t-il.

— Regardez... Je crois que c'est le même vaisseau qui nous suit depuis La Nouvelle-Orléans !

Chapitre 11

Cap vers l'Asie !

Jack fronce les sourcils. Il était pourtant sûr d'avoir semé ce bateau. Villanueva ? Impossible, le *Centurion* n'est pas aussi rapide… Peut-être des Espagnols à la recherche de Carolina ? *Si seulement ils venaient plutôt chercher Agathe !*

— Alex, prends le gouvernail et mets le cap vers cet archipel. Nous allons essayer de les perdre, compris ?

— Aye-aye, capitaine Sparrow, répond le zombie.

— Et après, proteste Billy, direction la Caroline du Nord, hein ?

Jack roule des yeux.

— Nous sommes au milieu d'une course-poursuite, au cas où tu n'aurais pas remarqué. Est-ce que c'est bien le moment de faire des histoires ?

Le capitaine part donner ses ordres à l'équipage, et Billy Turner pousse un gros soupir.

Le vent s'est levé, la tempête semble imminente. Le *Black Pearl* se dirige vers un petit groupe d'îles verdoyantes et rocheuses.

— Là ! lance Jack à Alex. Vise entre ces deux îles : nous contournerons la plus proche pour nous cacher derrière.

Le *Black Pearl* s'engouffre dans le bras

de mer étroit, entre les deux îles. Mais là, surprise : ce ne sont pas deux îles… mais une seule, en forme de croissant. C'est une impasse.

— Je plaisantais ! lance Jack. Vite, en arrière, toute !

Mais il est trop tard. Derrière, l'autre bateau s'engage déjà dans la baie. Le *Black Pearl* est coincé.

— Très intelligent, ricane Barbossa.

— Tout est sous contrôle, répond Jack. Cela faisait partie de mon plan.

— Ah oui, et quel plan ?

— J'y réfléchis encore…

L'autre navire se rapproche. Ce n'est ni le *Centurion* du pirate Villanueva, ni un galion de l'armée espagnole. Aucun pavillon ne flotte à son mât. D'où vient ce bateau mystérieux, surgi dans la tempête ?

Les pirates arment les canons, sortent leurs revolvers et leurs épées, prêts à en découdre avec cet ennemi inconnu.

Pourtant, l'autre navire ne fait pas feu. Il fend les eaux lentement, glissant vers le *Black Pearl* comme un fantôme silencieux.

— Capitaine Sparrow, regardez ! dit Diego en lui tendant la longue-vue.

Jack examine le navire adverse. Debout près de la proue, un homme à la peau sombre agite un drapeau blanc.

— Bizarre, murmure Jack. Ils nous suivent juste pour bavarder avec nous ?

— Moi, je dis qu'il faut les couler, grogne Barbossa.

— Ça ne m'étonne pas de toi. Billy, sors le drapeau blanc. Écoutons ce qu'ils ont à nous dire !

Alex jette l'ancre et le *Black Pearl* s'immobilise dans la baie. L'autre navire arrive à sa hauteur.

— Eh, oh ! lance l'homme au drapeau blanc. (Il est à présent entouré par ses compagnons de mer, et Jack réalise qu'ils ont tous la peau noire.) Nous cherchons quelqu'un, et nous pensons qu'il est parmi vous !

— Marcus ? fait une voix derrière Jack.

Ce dernier se retourne et voit que Gombo est monté sur le pont. Le cuisinier du *Black Pearl* a l'air d'abord surpris, puis un sourire radieux illumine son visage.

— Marcus, tu t'es enfui ! s'exclame-t-il. Vous avez réussi !

— C'est grâce à toi. Nous avons brûlé la plantation, volé ce bateau, et nous sommes partis à ta recherche. Gombo, nous te voulons comme capitaine !

— Moi ? Capitaine du *Ranger* ? Vous êtes sûrs ?

— Nous savons que tu ferais un bien meilleur capitaine – et pirate – que notre ancien maître, dit Marcus. C'est toi qui nous as conduits vers la liberté. Voilà pourquoi nous t'avons suivi pendant tout ce temps.

Gombo prend une profonde respiration. Le moment est important.

— Je serais honoré d'être votre capitaine, dit-il en souriant.

Sur le pont du *Ranger*, les hommes applaudissent et poussent des cris de joie.

— Tu es sûr, Gombo ? lui demande Jack. Tu ne préfères pas rester ici pour nous mijoter de bons petits plats ?

— Merci pour tout, capitaine Sparrow, fait Gombo en lui serrant la main. Je n'oublierai jamais votre aide.

— Si tu t'en vas, alors un conseil, glisse Jack en se penchant vers lui d'un air savant. Tu ne peux pas devenir capitaine avec un nom comme « Gombo ». Ça manque de dignité, de sérieux, vois-tu ? ajoute-t-il en hochant la tête avec gravité.

— Alors, je prendrai le nom de mon ancien maître, décide Gombo. Il a volé mon identité, ma famille, ma liberté… à mon tour ! À partir d'aujourd'hui, il n'y aura plus qu'un seul Gentleman Jocard… Et ce sera moi !

Jack et ses compagnons saluent le capitaine Jocard tandis qu'il est accueilli par son nouvel équipage. Jack est un peu jaloux : il aurait adoré avoir un équipage prêt à traverser les Caraïbes pour lui demander d'être leur capitaine ! Ces pirates, ils ne réalisent même pas leur chance !

— Bon débarras, persifle Agathe. Quel malpoli, il ne m'a même pas dit au revoir !

— Extraordinaire, murmure Billy. Gentleman Jocard, nouveau capitaine pirate des Caraïbes !

— Oui, dit Jack. J'ai le sentiment que nos routes se croiseront bientôt.

La nuit est tombée, et la tempête se déchaîne. De violentes bourrasques de vent soufflent sur le pont du *Black Pearl*, mais dans la cabine du capitaine, tout est bien paisible. La lumière des bougies éclaire une carte du monde étalée sur la table au centre de la pièce. Les amis de Jack (plus Agathe) sont réunis tout autour.

— Où est-ce que nous allons, maintenant ? veut savoir Jean.

— Le plus loin possible de l'Espagne, j'espère, dit Carolina.

— J'espère que ce sera un endroit civilisé, au moins ! dit Agathe d'un ton sec.

— Et la Caroline du Nord, dans tout ça ? intervient Billy.

Jack fait tourner son globe terrestre.

— Bien sûr, Billy, mon ami, c'est promis... mais en chemin, une escale nous attend.

— Je veux voir cet Or des Ombres de mes yeux, si nous devons traverser le monde entier à sa recherche, lâche Barbossa avec méfiance.

— Rassure-toi, il est à l'abri, répond Jack avec un sourire au coin des lèvres. Aucun risque qu'on nous le vole !

— Nous devons obéir au capitaine Sparrow en toutes circonstances, déclare Alex de sa voix caverneuse.

— Voilà qui est parlé ! s'exclame Jack. (Il donne une tape amicale dans le dos du zombie, avant de s'essuyer la main sur son pantalon.) N'ayez crainte, mes amis, j'ai un plan !

Jean a un petit rire.

— Généralement, c'est à ce moment-là qu'il faut s'inquiéter...

Jack fait glisser son index sur la carte.

— Il se trouve que je sais qui détient l'une des fioles... et je sais où *elle* habite.

Son doigt s'arrête sur un point précis de la carte. Tous penchent la tête, et Barbossa soupire.

— La Chine ? fait Carolina, ravie. Nous partons en Chine ? *Santa Maria*, Diego, nous allons rencontrer Maîtresse Ching !

— Ce n'est pas *du tout* sur la route de la Caroline du Nord, râle Billy.

— Ce sera une toute petite escale de rien du tout ! Croyez-moi ! Camarades, gonflez les voiles... Cap sur l'Asie !

L'aventure continue...

Monsieur,

Nous avons bien reçu votre message, et nous sommes d'accord avec vous. Débarrasser les mers de ces maudits pirates, surtout ceux qui se font appeler « Seigneurs » du « Tribunal de la Confrérie », est d'une importance capitale. De plus, votre armée semble d'une force impressionnante. Nous gagnerions beaucoup à travailler ensemble. Nous acceptons donc votre offre. Quand vous aurez trahi le Seigneur dont vous parlez, nous vous laisserons tous les pouvoirs afin d'anéantir les autres.

Bon voyage.

La lettre est signée de l'amiral espagnol. Sous sa signature, le sceau en cire brille à la lueur de la bougie tandis que le Seigneur des Ombres lit attentivement le parchemin.

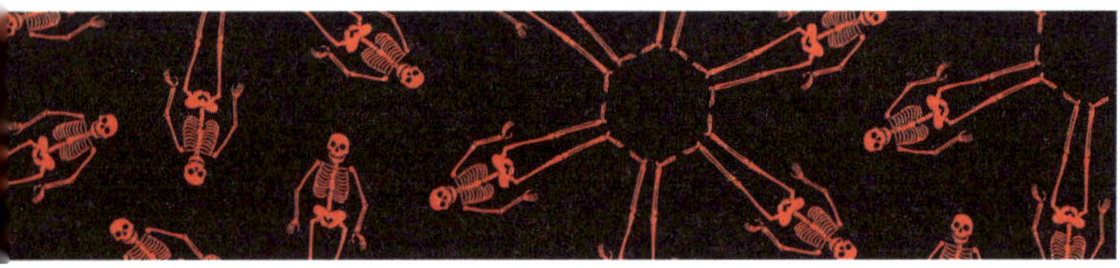

Autour de lui, dans la cale, le chargement de tonneaux et de bouteilles de rhum est rangé pour rester bien en place. Le plancher ondule au rythme des vagues à mesure que le navire subit la tempête.

Le Seigneur des Ombres sourit. Bien sûr que les Espagnols ont accepté son offre ! Ils ont dû être impressionnés par l'œuvre de son armée au Panama. Et il a soigneusement évité de dire *lequel* des neuf Seigneurs il va trahir le premier.

Il roule le parchemin et le glisse à l'intérieur de son manteau. L'amiral espagnol est loin d'imaginer ce qu'il projette pour son armée. Une fois tous les Seigneurs Pirates anéantis, il n'aura plus qu'à conquérir les autres armées du monde : tous les bateaux, tous les océans seront sous son contrôle, du pôle Nord aux mers équatoriales. Le monde reconnaîtra enfin son pouvoir, et s'y soumettra.

Mais d'abord… il y a un Seigneur à tuer.

— Henry ? appelle une voix depuis l'extérieur. Espèce de bon à rien, tu t'es encore caché dans la cale ? (La tête du maître d'équipage apparaît en haut des marches.) Viens tout de suite passer la serpillière sur le pont ! Ma parole, on aurait dû te laisser à Jack Sparrow... Méfie-toi ou le capitaine Villanueva finira par regretter de t'avoir engagé !

Le Seigneur des Ombres soulève sa bougie… et la flamme éclaire le visage innocent de Henry, le pirate qui a failli rejoindre l'équipage de Jack sur l'Île de la Tortue. Il frotte sa moustache, furieux.

Ça oui, il va regretter de m'avoir engagé… Vous le regretterez tous, quand je vous aurai volé votre bateau. Quand je vous aurai arraché ce que vous avez de plus précieux au monde. Et vous le regretterez surtout… juste avant que je vous tue.

Fin

Le Black Pearl continue sa
traversée des Sept mers !
Tourne vite la page
et découvre les prochaines
aventures de Jack !

Embarque à bord du *Black Pearl*...

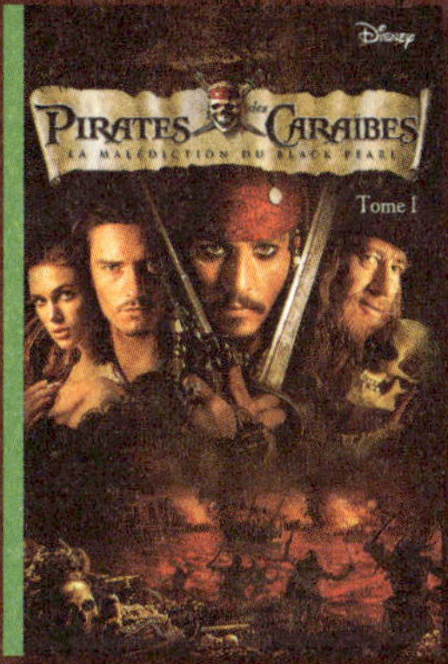

1. LA MALÉDICTION DU *BLACK PEARL*

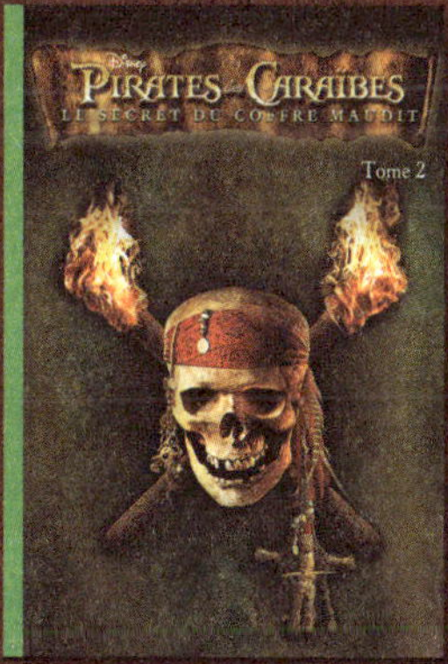

2. LE SECRET DU COFFRE MAUDIT

3. JUSQU'AU BOUT DU MONDE

Table

« Pour l'éditeur, le principe est d'utiliser des papiers composés de fibres naturelles, renouvelables, recyclables et fabriquées à partir de bois issus de forêts qui adoptent un système d'aménagement durable. En outre, l'éditeur attend de ses fournisseurs de papier qu'ils s'inscrivent dans une démarche de certification environnementale reconnue. »

Imprimé en France par Jean-Lamour - Groupe Qualibris
Dépôt légal : avril 2009
20.07.1804.2/01 – ISBN 978-2-01-201804-4
Loi n°49-956 du 16 juillet 1949
sur les publications destinées à la jeunesse